KB270365

사랑한다 말하는 강물

석전시동인 제9시집

사랑한다 말하는 강물

초판인쇄일 | 2012년 2월 20일
초판발행일 | 2012년 2월 29일

지은이 | 오세영 外
펴낸곳 | 도서출판 황금알
펴낸이 | 金永馥
주 간 | 김영탁
디자인실장 | 조경숙
제작진행 | 칼라박스
주 소 | 110-510 서울시 종로구 동숭동 201-14 청기와빌라2차 104호
물류센타(직송 · 반품) | 100-272 서울시 중구 필동2가 124-6 1F
전 화 | 02)2275-9171
팩 스 | 02)2275-9172
이메일 | tibet21@hanmail.net
홈페이지 | http://goldegg21.com
출판등록 | 2003년 03월 26일(제300-2003-230호)

ⓒ2012 오세영 外 & Gold Egg Publishing Company Printed in Korea

값 9,000원

ISBN 978-89-97318-07-0-03810

석전시동인 제9시집

사랑한다 말하는 강물

황금알

| 발문 |

어디까지 온 것일까 우리는
시라는 등짐을 지고

즐거움을 때론 산고의 고통을 주기도 했던
아홉 번 째 시 한 짐 여기 내려 놓는다

고인이 되신 진의하 시인도
함께 기뻐해 주시리라

길 가는 누군가에게
제비꽃 한송이같은
작은 위안이 되길 바란다

차 례

오세영

1965~1968년 『현대문학』 추천으로 등단
시집 『시간의 뗏목』 『봄은 전쟁처럼』 『문 열어라. 하늘아』 등
현재 서울대 명예교수
E-mail : poetoh@naver.com

전시회
학력위조
수좌首座
꽃피는 봄날에
꽃 3

전시회

해마다 봄이 되면 화랑엔
그림 전시회가 열린다.
지난 일 년간
잘 갈고 닦은 기량,
더 화사하고 아름다워진
철쭉, 목련, 매화, 산 벚, 수국⋯⋯들의
만개滿開.

창작은 오직
신神만이 할 수 있는 것,
신인들 어찌
자신이 땀 흘려 이룩한 작품들을 평생
숨겨 놓고만 싶겠는가.

학력위조

한 생을 삶에 있어 교육은
커다란 재산,
상품인들 일러 다를 바 없다.
학교에서 갈고 습득한 지식이
미래를 결정하나니
그 노력을 인정해 학위를 준다.
브랜드.
그 브랜드의 가치로
좋은 배필을 얻고
턱없이 출세의 가도를 달리지만
비록 알려진 제품이 아니라 해서
어찌 품질마저 나쁘다 하겠는가.
명품名品에 눈이 어두운 사회에선 그만큼
짝퉁도 많다.

수좌首座

깊은 토굴에서
안으로 문을 걸어 잠근 채 면벽참선 3년
묵언수행 3년
장좌불와 3년
겨울 산은
해탈을 염원하는 수좌들의 동안거가
한창이다.

귀 막고, 눈 막고, 입 막고
깜깜한 진흙 속에서 용맹정진하던
애벌레 한 마리
오늘 우화羽化에 비로소
성공했나니
아. 눈부신 저 매미들의
날갯짓 소리.

꽃피는 봄날에

흠이 있는 것은 미련 없이
버린다.
결이 거친 것도,
불이 막 사그라진 가마에서 갓
구워낸 자기,
그 중 선이 곱고 단아한 그릇 하나를
집어든다.
소나무를 닮았을까,
그윽한 푸르름.
매화를 닮았을까,
그 서늘한 연보라.
당신만이 아는 태양의 열과 빛과 온도로
당신만이 아는 시간 동안
이른 봄,
가마에 불을 지피시는 나의 하나님.
그리고
백화난만百花爛漫.

아름다운 오늘은

나도 내가 좋아하는 조수미曺秀美의
아름다운 하늘*을
시디*로 굽는다.

* 시디: compact disk
* 아름다운 하늘: cielito lindo 이탈리아 가곡

꽃 3

당신은 날 두고 꽃이라지만
나는 당신의 눈동자 한켠
홀로 반짝이는 눈물 한 방울.

당신은 날 두고 향기라지만
나는 아득한 허공 저편
노을로 사라지는 한줄기 한숨.

당신의 눈길과 마주친 순간……

김기태

2009년 『시와경계』로 등단
E-mail : ktkimpho24@naver.com

잠실蠶室

나팔꽃 흐드러진 논둑길
억머구리 밤새 울더니
뒷산 잣나무엔
장마통 내내 구구대던 산비둘기가 둥지를 튼다
아버지의 울화가
막걸릿잔 만큼 푸념을 쏟아 내던
한여름 밤

이슬로 영그는 뽕밭엔
밤새 부엉이가 야경을 돌고
동네 어귀
아름드리 피나무들은 등대처럼 서 있었다

내 희끗희끗한 머리칼에선 아직도
누에 똥냄새가 난다

첫눈

의탁할 하늘이 없어
마른 구름으로 정처 없이 떠돌다가
음산한 어느 이별의 날에
갈잎 무수히 바스러지는 계곡으로 더부살이하려 내리는
눈

첫눈은 이 지상에서 스스로 자멸을 선택한다

어디에도 없는 그
편히 쉴 지붕

섣달 보름

얼음조각처럼 바스러져 내리는 달빛
삼경三更을 지나는

바람은
어머니의 한인 냥
대추나무 빈 가지에서 울어
꽁꽁 얼어붙은 은하수를 건너며 또
긴 울음 울어 울어

뿌옇게 먼동이 트고
밤새 지은 한숨이
굴뚝마다 하얗게 피어오르면
바알간 볼 붉히며 돌아서는
보름달

빈 들녘에 서릿발 가득하니
내일 아침엔 까치 날겠다

가을

노을이 물감으로 번지는 들녘에
갈잎은 풀어헤친 장삼 자락처럼 날리다

전신주 어두운 그림자에 숨어
수줍은 듯 헤픈 웃음으로 선
들국화 한 대궁

무서리 한 줌 흩뿌려
산자락은 시방 수채화
병풍 작업 중이다

김소양

부산 출생
『심상』으로 등단
E-mail : wrigle@hanmail.net

터널 속으로

심해어가 되어 들어간다
고래 뱃속으로
낮도 밤도 아닌 곳으로
빛도 어둠도 없는 시간 속으로
날아 들어간다 뿔박쥐처럼
달아날 곳 없는 요나가 되어
흡착판에 딸려 들어간다
여기선 무조건 통과
앞만 보시오
시뻘겋게 충혈된 눈을 휘번득 뜬 채
앞이 보이지 않으면 더듬이를 세우고
달리시오 뒤돌아보지 마시오
옆도 보지 마시오
그저 달리시오 모든 것은 흘러갈 뿐
발정 난 사내처럼 죽어라 숲을 뚫고
강을 뚫고 바다를 뚫고 이윽고
하늘을 뚫고 죽어도
죽어서라도 휘파람 불며
자궁 속을 지나 무덤을 지나 무조건
달리시길

민달팽이

집으로 돌아가는 길을
잃어버렸네

햇빛 환하고
댓잎 사이로 바람 불어
낮잠 자기 좋은 한 때
꽃 그림자 밟으며 인기척 없이 다가온
능구렁이 같은 슬픔

풀잎 그림자에 몸을 숨기고
아득한 길을 실눈으로 더듬다가
새우잠 자며 졸다 깨다가
더듬이 곧추세우고 한밤중에 눈을 뜨네

앞이 보이지 않네
낮은 포복으로 굽실거리며
눈물 흥건한 맨발의 삶

이제 보니, 내 몸이
허물어져 가는 집 한 채이네

어떤 저녁

들은 적 있니
집이 말하는 소리

아이들이 다녀간 봄날
햇살 뒷걸음질하며 사라지던 대청마루 위로
어둑살 꾸둑꾸둑 스며들던 저녁 무렵

내달리던 발자국에
고단한 듯 삐걱대던 마룻장이
문득 낯빛 바꾸며 침묵하는가 싶더니
참았던 한숨 몰아쉬며 몸을 뒤척이면
그때를 기다렸다는 듯이
마음을 받치고 서 있던 기둥이
관절을 꺾으며 숨을 고르는 순간

오래 참은 눈물 같은
땀 같은 것이
어디선가 뚝 떨어진다

마룻장과 마룻장 사이
기둥과 천장 사이에 스며들어 사는 이
거기 누군가

오래 참아온 한 고요가
다른 고요에 말을 거는 한때
얼레지 꽃 빛 닮은 봄이
길 밖으로 사라지고 있었다

나들이

1.
새벽녘 닭장차 펄펄 날며 간다

녹슨 철창 속이
노아의 방주라도 되는지
앉은 건지 선 건지
꼬꼬댁 소리도 못 지르고
파랗게 질려
철창 바깥으로 밀려 나온 모가지

장맛비는 쏟아지고
뿌리 뽑힌 맨드라미처럼
숨을 헐떡대며
서울 간다

2.
텅 빈 닭장차
덜덜 떨며 달려간다

붉은 철창에 들러붙어
콜타르처럼 찐득거리는 어둠
어딘가 붙어 있던 하얀 깃털이
꽃잎처럼 하롱거린다

노숙자露宿者

벽을 바라보며 집을 짓고
누에고치가 되어 몸을 뒤척인다
지붕을 잊어버린 바람이
문을 열고 들어와 등을 껴안는다

나는 노숙자路宿者가 아니다
이슬이 되어 잠드는 사람〔露宿者〕

눈을 감으면
내 몸 안에 갇혀 있던 바다가 출렁인다
길 잃은 물고기가 물 위로 떠오른다
지느러미를 햇살에 말리는 꿈일까
잃어버린 누군가를 찾는 걸까

바다를 만져본 적이 없는
내 운동화는
너무 멀리 떠나와 버린 걸까
떠날 준비는 다 마쳤는데
이제 돌아가는 일만 남았는데

김 택 희

2009년 『유심』으로 등단
E-mail : heeeyoung@hanmail.net

홀씨의 변辨

먼 산 유혹 떨칠 수 없었다면
구차한 변명이겠지
기웃기웃 보도블록을 걸어보고
벤치에 앉아도 보고
차라리 철모르는 함박눈이었으면
누군가의 옷깃에 앉아 스며도 좋으련만
한참을 더듬어야 피울 수 있는
덜 익은 말이어서
한낮 봄 모퉁이를 털고 있어
물기 고인 눈동자 보이기 싫어
안쪽 깊숙이 옹그린 채
턱까지 오른 재촉에도
바람의 인연만으로는
몸 내맡길 수 없어
뿌리내릴 곳 찾아 떠도는 중이야

알지단을 부치다

두세 번 문을 두드려요
열리는 안쪽으로 둥그런 세상 출렁이네요
새로운 길 찾아 나서 듯 조심스레 다독여
페이지를 넘겨요

노른자위와 흰자위
모든 경계에는 얇은 막이 있어
투명과 불투명 사이에서 나는
잠시 멈칫거려요 여기가 어디일까 사방 두리번거리죠
너무 걱정하지 말아요 낯선 길이어도
이별은 아닐 테니 음미하며 천천히 찾아가요
서로 다른 길이어도
저만의 색을 내면 그게 꿈 아닌가요

단, 잊지 말아요
이미 익어 버린 시간은 되돌릴 수 없어요
자 이젠 떠나요 뜨거운 출발

폭설 여행

나무들은
흰 연미복으로 갈아입었다
퍼붓는 눈발 사이 하객들 줄 잇는다
내일의 꿈이 모인 눈꽃 연회장
경건하게 들리는 설해목 소리에 귀 기울이며
대지를 덮은 설원에서
그들과 함께 나란히 선다
자작나무 흰 몸에 희망의 말 새기며
가만가만 영혼 불어넣는다
그늘 없는 순백의 양지
나그네 바람 지날 때마다 후두두
쏟아지는 눈덩이에 낡은 미련은 묻히고
광활한 툰드라로 선다

겨울 꽃

붉게 흥분된 기자의 목소리가
다리까지 쌓인 눈을 넘고 있다
송신탑을 건너오는 고향의 폭설을 보며
접시를 든다 잘 닦인 접시 위
최면처럼 쪽빛 당초문을 따라가니
꺾어든 골목마다 눈 시리다
한 자쯤 내린 눈이 마을의 지붕을 만들고
키를 낮춰 바닥에 가라앉힌다
소음마저 하얗게 매몰되고 있다
밤의 밑바닥까지 하얘진*
눈 속에 묻힌 시골집 뒤꼍
노구의 휘어진 등 같은 마른 감나무 옆
창문으로 내비치는 그림자 어른거린다
내 안의 떫은맛 몇 번을 우려내어
말랑하게 키워주던 환한 침묵

냉동고 속 붉은 감 눈꽃 하얗게 뒤집어쓰고 있다
얼어있던 홍시에서 빙벽 녹아내려
붉게 타오른다

* 가와바타 야스나리의 『설국』에서 인용

창가의 봄

바람 닿은 나뭇가지 새 눈을 뜬다
밀어 올린 여린 잎에 머무는 볕
마주 구르던 바람이
손바닥을 흔들면
바람과 볕 사이 나이테가 여문다

유목민의 뒤꿈치에
끌리는 옷자락을 줍느라 멈칫
꽃 진 자리
몇만 광년으로 오른 높새바람은
더 넓은
영역으로 달린다

집 앞 창가를 기웃거리던 복숭아 나뭇잎 사이
풋 우주 맺혀 있다
봄볕 둥글게 차오른다

나병춘

1994년 『시와시학』 신인상으로 등단
『새가 되는 연습』『하루』『어린왕자의 기억들』
3권의 시집을 냈으며,
현재 자연휴양림에서 숲치유사로 활동하며
다람쥐들과 지내고 있음
E-mail: namuwa33@hanmail.net

하루라는 방
밀어蜜語
빈손
안구 건조증
순간의 꽃

하루라는 방

하루라는 방으로 들어왔다
터널 속으로 빨려 들어가듯 그곳엔
태양이 뜨고 아침이라고 하였으며
새가 울고 나무들은 여전히 꽃을 피운다
연두가 초록으로 바뀌어 가고
내겐 수염 풀꽃이 곰실거린다
아스팔트엔 배부른 산개구리들이 큰대자로 누워
까만 알들을 쏟아낸다
아무도 눈여겨보지 않았고
까마귀 몇 마리 울다 개구리들을 집어삼킨다
점심이 지나가자 웅덩이에선 개구리 알들이
섬처럼 둥둥 떠 있고 개구리 에미들은
그 먹구름장 속으로 비겁하게 숨는다
저녁이 다가오고 있었다
수탉이 몇 번 울고 쉬리 대여섯 마리 유유히
큰 바위 밑 깊은 여울 속을 헤엄치는데
애기괭이눈 처녀치마 반짝거리며 눈을 뜨고 있다
해가 뜨는지 지는지 모른 채 현호색 꿩의바람꽃이
연달아 피었다 지고 산개구리 울고

수탉은 땅거미가 슬그머니 다가오자
화사한 산벚나무 가지 위로 뽀르르 퍼덕거리며 기어오
른다
암탉은 오늘이 오는지 가는지도 모른 채 병아릴 품고
둥지 밖으로 영 나올 생각이 없었다
터널을 빠져나오듯 붉은 달이 동쪽 하늘에서
둥둥 북소리 울리며 구렁이 담 넘어가듯
하루라는 방을 어렴풋이 벗어나고 있었다

밀어蜜語

향기가 색깔을 색깔이 향기를 밀어
산제비나비 한 마리 아득한 수심의
동굴에 닿는다
긴 더듬이와 꿀샘이 맞닿아
날개가 되고 긴 다리가 되고
부드럽고 사나운 지휘봉이 되어
허공을 늘였다 좁혔다 아코디언을 탄주한다

저 고요한 파도가 파도를 밀어
짙푸른 물푸레 바람 되고
바람이 햇볕 그늘을 밀고 당겨
구부러진 솔가지를 다독이고
누리장 향내를 가만히 흔들어
콧방울 어깨춤 들썽거린다

생강나무 산초나무도 우쭐우쭐
하늬바람에 너울너울
향기가 향기를
색깔이 색깔을

소리가 소리를 싸하니
누리장 환한 꽃 입술에 나풀거린다

어디서 날아왔는지
긴꼬리제비나비 암컷이 수줍은 듯 연보라 꽃차례에 앉고
수컷이 또 그 위에 슬픔처럼 보듬고
하오 네 시의 나른한 허공이 비스듬히 누워
아코디언 물푸레 파도소리에 흔들흔들
깨진 쪽박 같은 낮달도 낮술에 취한 듯
공연한 헛기침을 해대고

빈손

손바닥 안에 하루 치의 모래를 꽉 쥐고 걸어간다
저녁에 손바닥을 펴보니
모래알갱이 몇 나를 빤히 쳐다본다
나의 발자국마다 아우성치며 떨어졌을
파도 물결의 표정이
잠시 어리다 사라진다

자갈밭에 떨어지고
가시밭길에 떨어지고
혹은 천리향 만리향 그들먹한 언덕에 떨어져
꿈꾸고 있으리라
혹은 개울에 떨어져
물고기들과 지느러미 펄렁거리며
시간 가는 줄 모르리라

헌데 지금 나를 뚫어져라 바라보는
너희는 누구냐
너와 나의 끈을 한시도 풀어주지 않고
놓아주지 않는 이것은

희망이냐 절망이냐 아니면
치정이냐

별이 제자리에서 눈 뜨는 시간
서걱거리는 모래를 입안에 털어 넣고
까마득한 어둠과 마주한다
열이레 달이 둥실 두 손바닥에 안기며
나를 위로한다
빈손의 평화
이 얼마 만이더냐

안구 건조증

눈은 허공을 먹었다
허공의 눈보라
붉게 충혈된
노을
무지개 바람 소리

지붕 없는 팔팔 열차를 타고
친구와 회전목마를 타다가
허공은 헛발을 내딛다가 말발굽에 밟혔다
부드러운 고양이 꼬리처럼 쥐도 새도 모르게
새벽이슬 싸한

허공은 도둑고양이
곳곳에서 반짝거렸다
어두운 골목길에 숨어
묘지 주변 도깨비불에도 겁 없이
미친 듯 바람을 타고 날았다

내 눈에 허공이 들어앉아 야옹!

와선 중이다
눈물도 없이 하품이나 잠꼬대도 없이
발톱을 숨긴 채 어슬렁어슬렁

순간의 꽃

참새가 조잘거리다 떠난 빨랫줄에
아스라이 매달린 빗방울들
아침 햇살에 빛나고 있다
제가 이 세상의 중심이라는 듯

수평으로 손에 손 맞잡고
세상을 그윽이 바라다보면
무지개 봉숭아 맨드라미 꽃밭도 피어나고
구멍 난 아빠 빤스도 꽃분홍 딸내미 브래지어도 내걸
리고

곧 흘러내릴 듯 위태 위태롭지만
그 순간이 영원인 양
오롯이 기적처럼 나부끼고 있다
절망이 한순간에 응결된 채
한 송이 순간의 꽃으로
햇빛보다 더 찬란하게 빛나고 있다

수평이기에 망정이지

저것이 수직이라면 가당키나 한 일인가
문득 어디선가 곤줄박이 날아와
뭐라 뭐라 쨱재글 흔들거리다 서쪽으로 사라지고

동 시 영

2003년 『다층』으로 등단
시집 『미래사냥, 낯선 신을 찾아서』『신이 걸어 주는 전화』
2011년 16회 시와시학상 젊은 시인상 수상
E-mail : 10040@ktc.ac.kr

겨울 사랑
장사익
상사화
거미
사랑한다 말하는 강물

겨울 사랑

겨울이 점점 차가워지면서
손대지 말라 하네
올해도
또 달아날 모양이네

장사익

누가 또 밤의 캔을 하나 따 놓았나?
밤엔 불빛만 살아 있다

대학로 쇳대박물관 장사익 동지덕담
사람마다 가져온 맺힌 한
시원하게 따 주고 있다
열어 주고 있다

장사익!
억만년 전
누군가 담아 놓은 한의 소리술통
입마개 비틀어 따르기만 하면
귀로 마시고 눈으로 흐르는 눈물
한을 꽃처럼 피어 흐르게 한다

그는
소리 열쇠
한이 사람에게
노래하게 하는

상사화

기다림에 빨간 불이네
건너가 만날 수 없네
푸른 잎 신호등 없네

선운사 불갑사
가을이면 상사화
기다리다 진 꽃엔
기다림만 피네

거미

거미는 파수꾼
검문 후
실 도장 찍어 주는

오늘은 겹겹이 금줄 놓았네
누군가
귀한 새끼를 낳았나 보다.

사랑한다 말하는 강물

여기가 어라연
땅인데 하늘

물의 신비에 돌마저 흘러 멈춰
미워한다 말해도 사랑이예요
사랑한다 말해도 사랑이예요
그래요 여기선 마음길 열어
어라연 강물로 흘러야 해요

꽃피면 어때요
꽃지면 어때요
그냥 강물로만 피고 싶어요
단풍 든 시월이 지나가네요
붉은 사랑에 젖고 있네요
그래요 여기선 마음길 열어
사랑한다 말하는 강물일래요

문봉선

1998년 『자유문학』으로 등단
시집 『독약을 먹고 살 수 있다면 』
『진심으로 진심을 노래하다』『 꽃핀다』
2004년 율목문학상 수상
제1회 한국현대시인작품상 수상
E-mail : poemmun@hanmail.net

꽃핀다
사과꽃
물봉선화 사연
자란紫蘭에게
삶은 죽이다

꽃핀다

햇살 내려 꽃핀다
오종종 앉은 자리꽃, 꽃핀다
뻔했다, 꽃핀다
불 보듯 꽃핀다
불꽃 튀듯 꽃핀다

손바닥만 한 물웅덩이 해 뜬다
고것, 땅 따시더니, 달 뜬다
이내 살구 나뭇가지 불붙는다
뿜어져 오르는 피

사과꽃

잘 버려야 잘 산다
시도, 사람도,

새빨간 사과 하나
환한 대낮에 거짓말처럼 익는다

물봉선화 사연

한 세상 울음으로 대신한다

황톳빛
그 목마름
다 채울 수 없어

자란紫蘭에게
— 자화상

넌
누구냐

붉은 피똥 쫙쫙 쏟아놓고
눈밭 위에 선혈 뿌려놓던

덜
자란
모
자란

기우뚱 땅심心 딛고 불쑥 올라온

삶은 죽이다

글세, 죽이라뇨?
히말라야 죽음의 산보다 험난한 보릿고갤 넘어온 이들
강냉이 꿀꿀이죽 피죽도 못 먹어 본 핏덩이들
아, 글쎄, 죽이라뇨?
요즘 음식은
흰죽, 야채죽 주로 유동식 즐기며 알코올로 위장,
죽겠다며, 속 쓰려 죽겠다는 이들
아, 글쎄 죽이라뇨?

죽 쒀 주랴?
죽어도 먹기 싫은 게 죽
죽기 싫어 먹는 게 죽
들숨 날숨 주먹 쌀로 여러 입 늘여 먹던 때를 떠올리며
죽 쒀서 내 밥상에 바친다

신이 내린 지상의 보배는 쌀과 사람이다
제 살 깎아 살덩어리 으깨고 부숴 쌀 속살 나눠 먹던 죽
푹 익혀 삶은 삶 뒤죽박죽 쌀 속살은
죽이다, 삶은 죽이다

죽음, 죽은 음식이
죽은 쌀의 주검들이 흰죽이다
죽음이 있어 빛나는 향기로운 제물, 삶의 원동력이다
살아있는 쌀의 죽음, 주검을 피워낸 속죄를 먹고 다시
태어난다, 살신殺身
성인成人은 죽은 음식이라
삶은 목숨이라
미음 낭자한 아름답고 황홀한 자연식
주고받으며 물에 불리면
밥도 죽이 되고 삭이면 죽도 밥이 된다
물밥 삶은 물 말은 눈물 밥
삶은 물말은 물밥이라
죽은 삶을 삶아낸다
죽음까지 삶아내
눈알들 서로 비벼가며 자연에 돌려주는 자연식 죽음을
섭취한다

죽음을 물컹한 삶의 아래쪽 어느 바다

박성은

전북 남원 출생
서울진관초등학교 교사
E-mail : pki05216@hanmail.net

제비꽃
수련睡蓮을 끌어안고
다가구 주택
발자국
회화나무가 말하였다

제비꽃

넘어져 부어오른 발목에
보랏빛 멍 같은 제비꽃 몇 송이 피어올랐다
점점 색이 짙어지다 절정을 이루고
까만 꽃씨가 떨어질 때까지
발은 꽃에 흙이 되어 주었다

제비꽃이 피어있는 동안
땅속에 통증도 함께 있었다

저 들과 산의 푸르름도
흙의 고통이 피워 올린 꽃이었다
저 공중의 흰 구름도
하늘 울음이 피워 올린 꽃이었다

세상 구경 마치고
꽃은 땅으로 돌아가
아픔을 말끔히 거두어갔다
제비꽃 피었다 진 흔적도 사라져갔다

수련睡蓮을 끌어안고

수련을 잠자는 연꽃이라 이름 불러준
눈 밝은 그는 누구일까
포근한 물을 베게 삼고
둥근 잎을 이불 삼아
오후에 눈 감는 것을 보았으리

밤이 아니고 왜 오후에
잠을 자는가 궁금하였네
잠자는 연 잠자는 꽃
궁금증을 안고 사는 동안
나의 근심을 잊어버렸네

연못 몸이 가벼워 흙탕물 근심이 가라앉는가
화두처럼 수련을 끌어안고
이십 년은 더 살아야겠네
내 귀가 열려
연이 잠자는 소리 들을 때까지

다가구 주택

풀이 무성한 공터에 집을 지었다
땅이 파헤쳐져
몇 달 동안 곤충들은 쫓겨났으나
아프다 아프다 울지 않았다

건물이 들어서자
풀 가족이 키를 낮추어 마당 가에 입주하였다
초여름 저녁 개구리 한 마리 웅덩이에서 금강경을 외
웠다
갈색 여치와 각시메뚜기도 풀잎으로 돌아와 뜀뛰기를
하였다
처연했다

우리 가족은 그들이 비워준 집에
세금도 내지 않고 들어왔다

아는 사이인 듯 모르는 사이인 듯
풀들과 곤충들과 개구리와
경계가 나누어지지 않은 다가구주택에서
같이 살게 되었다

발자국

생강나무 잎에서는 생강향이 났다
장미꽃에서는 장미향이 났다
겨울에도
소나무 가지에서는 솔향이 났다

내가 걸어온 발자국에도
사람 향이 날까

우리 집 강아지한테 물어봐야겠다

회화나무가 말하였다

사람이
막대기같이 살고 있구나

윤 여 설

충남 연무 출생
『시문학』으로 등단
시집 『아름다운 어둠』 『문자 메시지』
『푸른 엄지족』
E-mail : yys1019kr@yahoo.co.kr

부활
겨울나무
노송
황금관
목격자

부활

주인의 사랑을 받으며
매일 닦는 오르가슴에 윤이 난다
안방에 우아한 장롱
별을 보며 이상에 부풀어
형제와 즐겁던 날
밑동에 죄없이 받은 형벌의 도끼날
가볍게 쓰러지는 괴성에
새들도 놀라 달아난 그곳에 가고 싶다
체념 된 꿈의 곡조로 서로 몸 비벼 울다가
건조장에서 미라 되던 밤
꿈결에 전설 같은 밀림의 은하와 물소리 속에
즐겁게 들리던 형제들의 음성이 그립다
정신을 가다듬었더니 아수라에
해체된 육신이 잘리고 홈이 파이는 불안 속에
장인의 혼과 하나 되어 되살아난 삶
죽음이 시작인 줄 몰랐지만
이 영광도 고통이다

겨울나무

때로는 고통스럽지만
맨몸으로 견디는 것은
얼마나 대견한 일인가
자신을 버림으로
더 많이 얻는 것을 아는
수도승처럼 이겨낸다
온갖 번뇌를 떨군 자리마다
화두를 찾는 눈은 해를 보며
매서운 사랑을 알고 별을
우러러 진리를 얻는다
언 땅속 실뿌리에
살아남은 정신은
바위틈에서도 해탈하여
빈 가지에 머무는 혹한의
고행만큼 푸르름을 더할 게다
상념 같은 눈을 털고 일어서는
당당함 어디에 비하랴
더러는 비워볼 일이다
저 빈자의 유덕한 아름다움

노송

뭉게구름을 이고
제멋대로 휘어진 가락이
기품 있어 흥취롭다
학이 나는 듯한 운율에는
마을의 역사가 있고
겨운 시집살이 곧대로던 어머님
아, 어머님 한숨소리 들린다
해를 가리고 퍼지는
부챗살 산조에 귀 기울이다
붓꽃이 활짝 망울을 터트렸고
졸참나무가 노랗게 물들던
선율은 갈수록 웅장하게 서럽구나
곡조 아래 아늑한 추억들
때까치 집 같이 내리던
점순이 벌써 세상에 없고
내 얼굴 주름이 는다
인공人共 때 부친이 피했다던
돌비알 곱게 한 맺힌 창唱이
하나 둘 불 밝히는
마을 향해 잔잔히 퍼진다

74

황금관

어느 동물의 뿔이
저리 아름다운가
화창한 가을은 숨쉬기도 가뿐하다
구름을 이고 울긋불긋 타오르며
보기도 죄스럽게
이 도시의 우러름이 되어 내려본다
때로 소나무 장식을 흔들며
서럽게 우는 소리를 들었고
풍파에 사건처럼 무너질수록
바위는 절묘하게 장엄해지는 걸 봤다
걱정은 무엇이며 기쁨은 얼마나 갈까
거슬리지 않으면 위대해지는데
나무만 몇 개 꽂아도 저렇게 아름다운데
맺힌 한이 풀리듯
관악산이 솟았다 북한산이 솟았다
힘차게 솟았다

목격자

후미진 골목이나 대로변에서
매연과 소음에 숨 막히는 밤
홀로 서럽지 않다
별들과 얘기하며 등불을 이고
어둠을 밝히는 사랑
만날 수 없는 동료끼리
이슬방울같이 눈빛만 마주 보다
지며 먼동을 맞는다
꼿꼿이 서서 이제야 잠든
가로등의 허리에 걸린
플래카드
"목격자를 찾습니다"
분명 밤을 지켜봤지만
괴롭게 침묵한
아무도 그들에게 사건을
묻지 않았다

이 경

경남 산청 출생
1993년 계간『시와시학』으로 등단
시집『소와 뻐꾹새 소리와 엄지발가락』
『흰소, 고삐를 놓아라』『푸른 독』
제5회 유심작품상 수상
E-mail : sclk77@hanmail.net

잉크의 힘
숟가락질
산청山晴
신들의 아침식사
기습
잉크통에 빠진 코브라

잉크의 힘

국경을 넘어 그가 왔다
흰 종이 위에 검은 핏자국으로
지문이 뭉그러진 발바닥으로 백 년이 걸렸다
모두가 말했으나 누구도 다하지 못한 말
쓰다가 다 못쓰고 늙어 죽은 말
내 앞에 부려놓고
늙어 죽은 젊은 그를 나는 수혈하느니
느티나무같이 푸른 시간이 내게로 왔다
물을 차고 배를 미는 거선의 스크루
모래 위에 찍힌 수레바퀴 자국으로 회오리바람으로

사막을 건너 그가 왔다
내 앞에서 죽으러 왔다
이미 다하였으나 아직 시작하지 못한 말
사랑, 이 한마디를 위하여
가자 아주 느리게라도 걸어서
백 년이 걸려야 만나는 사람에게로 가자
쓰다가 다 못쓰고 늙어 죽으리라
어떤 이유로든 외로움은 나의 동력

잉크의 힘으로 쓴다
고독이라는 짐승은 뜨거운 피를 가졌다

숟가락질

어머니 젖에 소태를 바르면서
엉겁결에 배운 숟가락질
숟가락질을 배우기 시작하면서 그것 때문에
얼마나 많은 질을 배워야 하는지 모르고
삽을 들어 올리듯 서투르게
밥알을 흘리지 않고 떠올리는 연습을 했을 게다
밥 한술이 흙 한 삽과 맞먹는 줄 모르고
무릎을 세우고 삽질을 배우면서
서서히 등을 굽히는 법을 알아 가면서
물을 빌고 쟁기를 빌고 소를 빌기 위해
온몸으로 비럭질을 배워가야 한다는 것을
몰랐으니까
삽질을 놓고 나서도 숟가락질은 더 오래 남아서
바느질을 놓고 걸레질을 놓고 나서도
숟가락질만은 구차하게 살아남아서
끝내 무릎을 꿇리고 희망을 주저앉히고
살을 나눈 반지조차 풀어놓게 하고서야
맨 마지막 놓아지는 것인 줄
그래서 숟가락이라는 이름 뒤에 질이라고 하는

질감 나쁜 꼬리가 붙어 있다는 것을
몰랐으니까

산청山晴
— 비 개일 청晴에 기대어

우리 집에선 밥값을 해야 밥을 먹었다
내가 제일 처음 한 밥값은
소에게 아침을 먹이는 일이다
작은 손에 꽉 차는 고삐를 잡으면
아홉 배도 더 몸집이 큰 소는 나를 데리고
길이 울퉁불퉁한 새벽 산을 올랐다
이슬에 입을 흠뻑 적시며
소가 산의 한쪽 비탈을 다 뜯어먹는 동안
나는 아직 눈뜨지 않은 산샘의 시간에 무릎을 꿇고
꿈이 칭칭 헝클어진 머리를 감았다
샘물에 슬픈 꿈이 풀리어 맑아오는 사이
아버지는 해를 한 짐 지고 산에서 내려오시고
어머니는 물꼬를 열어 논에 물을 받으시지
그때 강물은
쌀뜨물 같은 안개를 풀어 나락의 꽃을 적시고

신들의 아침식사

아침에 한 차례 비가 왔다
뇌성이 푸른 산봉우리들을 데리고 더 먼 곳으로 달아
났다
못난이 감자새끼들이 흙 속에서 오그르르 한곳으로 모
였다
아침에 오는 비는 신들의 손가락이
옥수수 잎을 두드릴 때 나는 비파소리를 거느렸다
하얀 깨꽃이 왈칵 들키는 향기를 어지러이 앞세웠다
꼴깍꼴깍 신의 목젖소리가
어린 벼들이 자라는 논을 넘고 넘었다

햇빛조차도 아직 황금의 반짝임이 시작되기 전이었다
모든 빛깔이, 말이, 생각이 시작되기 전이었다
신들은 서둘러 약속장소로 모여 앉았다
느리게 아주 느리게 흰 새가 한 바퀴 선회하는 걸음으로
빠르게 아주 빠르게 호박벌의 날갯짓처럼 바쁘게
한 꽃과 꽃 사이를 입 맞추며 걸어가는
이 비릿비릿하고 아찔한 신들의 아침식사는
거행되었다

만삭의 옥수수 배흘림기둥 속에서
갓 태어난 신의 붉은 수염이
깔깔깔 희고 가지런한 웃음을 터뜨리기 시작했다

기습

간밤에 도둑이 들었다

칼로 가슴을 찌르고

잠을 몽땅 훔쳐 갔다

잡힐 놈이 아니다

어디 깊은 절간으로 숨어들어

석남꽃이나 피우고 있겠지

가을이다

잉크통에 빠진 코브라
— 피에르 알레친스키의 미술

그는 코브라를 잉크통에 빠뜨렸다
코브라에게 언어를 허락한 최초의 사내
잉크 맛을 본 코브라가 날름거리는 혓바닥으로 쓰기
시작했다
얇고 검은 속옷을 입은 코브라

종횡무진 거침없는 달필은
늙은 매화등걸같이 고매하고 아름다운 문장이다
사람의 언어를 통째로 거부하는 언어
대낮의 캄캄한 안쪽과
번개 치는 밤의 밝기를 지녔다

위험을 어쩌면 좋은가
제 몸에 돋친 비늘을 응시하는 저 검은 눈썹의 심각한
물음을
나는 사랑하지 않을 수 없을 것 같으니
오늘이라는 여인숙이
문 닫을 시간이 오고 있으니

언어를 멸망시키고 새로운 언어는 탄생하는가

이수영

1993년 「문예사조」로 등단
시집 『깊은 잠에 빠진 방의 열쇠』 『시간의 반란』
『언어로 만든 집 한 채』 등
천상병시문학상, 한국기독교문학상 등 수상
E-mail : elviraa@empal.com

갈라파고스에 가보셨는지요

군함새가 하늘에다 점을 찍고
부비새 태연히 앉아 알을 품는 곳
저기 갈라파고스의 터줏대감,
바다이구아나들 햇볕에 몸을 말리고 있군요
검은 바위 등에 졸린 듯 엎드려
발가락을 꼬물거리는
라이트후트 게의 붉은 갑옷이 깜찍한
그 이사벨라 섬에 가보셨는지요

다이빙 포인트에서 입수
천천히 원을 그리며 유영합니다
15m 고래상어를 내가 따라갑니다
이 세상에서 제일 큰 점박이 물고기
나를 쫓아옵니다
이때 만큼은 행복지수 100+알파
호기심 많은 장난꾸러기 곰치, 카메오와 함께
귀상어떼를 기다리는 시간,
저기 큰 거북의 등을 청소해 주고 있군요
잭 물고기의 사촌인 스틸폼파노들

텃새인 핀치새의 부리는
지금도 진화 중입니다
저기 육지이구아나가 빨간 선인장 열매를 먹고 있군요
시계는 선사시대에서나 볼 법함
생물과 풍경을 있는 그대로 보여 줍니다
찰스 다윈의 그 섬
갈라파고스 제도에 가보셨는지요

은총

앉은뱅이 꽃의 노래를 듣는다. 앉은뱅이 꽃의 시집을 읽는 것 같다. 촛불은 가만히 흔들리고, 소나무에선 크리스마스 별들이 반짝이는 밤. 창밖 길가엔 눈들이 앉은뱅이 꽃 무더기를 이루고 있다. 앉은뱅이 꽃의 노래를 듣고 있자니 그 밤이 생각난다. 자인 성당 그 마루턱에 걸터앉아 지우개로 지워가던 너와 나의 밤. 우리는 포도주를 맛깔나게 들이켰다. 그 시간 속에 우리 함께 있음이 은총이었다. 아무런 말도 하고 있지 않았다. 시집을 넘기는데 그 성당의 상수리 나뭇잎 7장이 테이블 위에, 시집 속에 내려앉는다. 앉은뱅이 꽃의 노래가 허밍으로 건너는 이 밤, 창밖엔 아직 눈이 내린다. 영혼만 남은 그 갈잎이 은총이었다.

새벽 3시 자화상

휴대폰을 눌러 세계 시간을 본다. 뉴욕 토론토 낮 1시. 그들은 지금 한창 바쁘게 일하겠군. 무장해제시킨 이불 속의 알몸이 대낮의 풍경 속으로 걸어나간다. 어린 나이의 시간은 부끄럼을 타지 않는다. 슈미즈를 입고 집안을 돌아다녀도 한겨울에 춥지 않았던 까닭, 휴대폰을 눌러 전화 통화 시간을 본다. 총 통화 186시간, 발신통화 117시간, SMS 발신건수 1,568건, 근 5년 새 나의 입김이다. 지구 몇 바퀴를 돌고도 수성에서 목성, 화성에서 해왕성까지 발가벗고 나돌아다닌 시간이 이집트의 미라처럼 순장되어 있다. 금속의 거대한 밀실 안에서 보는 부끄럼의 자화상들.

달리는 봄

아저씨가 수면총을 쏩니다. 목표는 꽃사슴, 한 마리가 쓰러집니다. 우리에서 끌려나온 짐승의 눈을 수건으로 가립니다. 뿔을 자릅니다. 잘 생긴 저 뿔을 자르다니(애야, 더 강하고 아름다운 뿔을 위해 지금 이불은 잘라줘야 하는 거란다) 불쌍한 사슴! 방울방울 고이는 사발에다 아저씨는 활명수를 흘려 넣습니다. 따뜻한 피, 사슴의 체온이 알코올기와 함께 산을 넘어 갑니다. 산수유꽃 노랗게 폭발하는 봄.

솔라닌

우주로 통하는 문
그 비상구를 알고 있는 나
푸른 독은
죽어가는 별들의 눈물이다
살을 찢고
몸을 온전히 비운 뒤에야
비로소 얻는 보라
청보라
예수가 자신을 완성하기 위해
몸을 버렸듯이
우주로 통하는 문
그 비상구를 알고 있는 나는
푸른 독
새로 태어나는 별들의 노래이다
거룩하고
거룩하게
오늘도
무덤에서 폭발한다.

이진숙

1993 『문학사상』으로 등단
시집 『원숭이는 날마다 나무에서 떨어진다』
『판다를 위하여』 등
현재 백암고등학교 교사로 재직 중
E-mail : hera9722@naver.com

벌레戀歌

떡갈나무 숲 속 떡갈나무처럼
그냥 거기 있고 싶었네
눈물의 샘에 얼비치는
속삭임의 소리 소리를 따라
길 잃고 싶었네
감나무 골 감나무 감나무같이
가을 햇살 우러르는
빠알간 숯불 하나 피우고 싶었네
거기 그대로 꿇어앉아
기도하고 싶었네
그냥 그대로
그의 몸이 되고 싶었네

고추잠자리

하늘가 맴돌며
오래된 청동빛 거울 같은
이야기 하나 빚고 있구나

바람 개인 오후
돌부리에 넘어져 바라보던
웅덩이 속 작은 하늘

그 하늘에 떠 있던
낮달같이
생채기 난 꽃잎의 무릎을
어루만지고 있구나

눈 내리는 저녁 창가에서

천지에
눈보라 가득하여
오가는 이 없다

곳곳에서 문 닫아거는
마음 가난한 이들의

아득히 저문 밤
소식은
눈송이처럼 분분히 날고

나설 때마다 두렵고
돌아올 땐 또 인연 무거워
고단했던 내 어깨의 서글픔
자근자근
가슴을 눌러올 때에

사무치던 설움
저물녘의 설움만큼만

등불로 밝히고
커튼을 여미는

눈 내리는 저녁 창가에서

간이역

기다리는 이의 구두 소리는 들리지 않는다
보퉁이 손에 든 아낙도 보이지 않는다

이별의 아쉬움에 목을 놓던
기적 소리도
바람결에 흔들리던
코스모스도

길을 잃는다

오직
쓸쓸한 들녘에
홀로 남은 어머니
세월을 엮어 홀매치던
기다림의 시선만이
그곳에 있다

멈출듯 멈출듯
스쳐 가는

한 무리의 시간마저 떠나보내고
또다시 세월 속으로 고개 숙인다

아주 조그맣게 바람이 인다

열대야를 기다리며

벽에 걸려있는 그림 속의 저 통통배
찬장에 얹혀 있는 냄비들까지도
숨을 고르며
계절의 끝을 기다려 오지 않았던가
헐떡거리는 아스팔트의
끈적이는 구애를 뿌리치며
끝없이 무리를 지어
우리들의 정염의 애인을
꾸짖지 않았던가
사람들 숨결의 그 들척지근함과
그 들척지근한 열기 속에서
공격을 멈추지 않는 모기들과
끝없이 이어질 것 같던 그 계절의
난폭 운전을 낱낱이 성토하지 않았던가
이제 모든 것은 끝이 났는가
어느 날인가
아무런 의미도 없이 비가 또 한 번 내리고
쓸쓸히 창문을 닫고 커튼을 여미고
흰 눈이 내리고

그래, 그래도 우리 또 기다릴밖에
지난여름 이글거리며 날아오던
가슴 뜨거운 것들의 연서를
진저리치며 후회했던
우리들의 아픈 인연을

임윤식

충남 부여 출생
격월간 『시와창작』으로 등단
시집 『약사암에서 띄우는 편지』 등
월간 시사종합지 『오늘의 한국』 사장/편집인
E-mail : lgysy@naver.com

나무도 뜨거운 가슴은 있다

텃밭에서 할머니가 풀을 뽑고 있다
허리 굽힐 때마다 희끗희끗 보이는
저 가슴
한 때는 얼마나 뜨거웠을까

옥마산 말재 오르는 산길
가파른 비탈 바위 난간에
아름드리나무 한그루 걸터앉아 있다
나이 드니 고갯길 숨이 찼나 보다

계곡을 타고 오르는 바람결 부드럽다
가슴 풀어헤친 나무
눈높이에 옹이 두 개 나란히 솟아있다
제법 풍만하게 튀어나온 두 봉오리

이젠 딱딱하게 굳은 흔적에 불과하지만
한 때는 새순을 길러 내기 위해
얼마나 많은 피가 저 젖꼭지로 모여들었을까
얼마나 싱싱하게 부풀었을까

햇볕 한 가닥 끌어들이기 위해
그 심장은 또
얼마나 두근거렸을까

뿌리
— 삼남길 강진에서

다산초당 가는 숲길
하늘 무너진 듯 비가 쏟아져 내린다

수백 년 된 소나무 뿌리가 길 위를 기어 다닌다
땅속으로 숨어버리기에는 너무 큰 흔적들
그래서일까
빗물, 집요하게 뿌리를 캔다

강진만 물안개가 자욱하다
속으로 속으로 흐르는 물줄기
물결 들릴 듯 말듯 속삭인다
바다로 이어진 길고 긴 뿌리의 내력을,

잠시 비를 피해 백련사 다실에 들어선다
찻잔 속에 가물거리는,
잔을 비우면 우르르 쏟아져 나올 것 같은 이야기들
떡차를 마시며 뿌리의 깊이를 가늠해 본다

* 떡차 : 다산과 초의선사가 만들어 마시던 차 이름

모텔 몰디브

슬며시 떠났다가

저녁 무렵 다시 밀려오는 파도
수평선 너머로 노을이 내려앉으면
해변에서는 황홀한 축제가 시작된다

마른 장작이
성스러운 제물로 타오르고
아직 덜 여문 꽃들 여기 저기에서
붉은 꽃망울을 터뜨린다

파우스트를 유혹하는 메피스토펠레*
그 쾌락의 춤판이 펼쳐진다
탁탁탁, 불꽃 터지는 소리
밤은 그렇게 금이 가기 시작한다

어둠이 무너져내릴 즈음
잔불은 서서히 가라앉고
우리들의 거룩한 축제는

비틀거리며 막을 내린다

언제나처럼 다시 밤을 기다리는
그곳, 몰디브 해변

* 메피스토펠레 : 괴테의 소설 '파우스트'를 주제로 한 오페라 명. 악마
  메피스토펠레는 파우스트를 파멸시키기 위해 여인들과 광란의
  파티를 열지만 유혹에 실패한다. 오페라 정식 명칭은 '메피스토펠레'
  이지만 '메피스토펠레스' 또는 '메피소토'라고도 한다.

홍어

봄에 시골 길 지나가다
썩은 인분 냄새에 취해본 적 있는가
쿨쿨하면서 구수한 것 같기도 하고
뭐랄까 아무튼 별로 싫지 않은,
하긴 된장냄새도 김치냄새도 마찬가지지
남을 위해 익는 것들은,

홍도 다녀오는 길에 들른 흑산도
섬에 도착하자마자 제일 먼저 찾은 건
역시 그 냄새 지독한 홍어
적당히 삭은 홍어회 한점 입에 넣으면
그 위세 칼날같이 입안을 휘젓는다
한겨울 바닷바람보다 더 날카로운 성질머리

늘 미적지근하게만 지내온 삶
한시절 제법 삭혔으니
상큼하면서도 때론 톡 쏘는 맛도 내 보고 싶은데
아직도 제 몸 사리는지 맛이 그렇고
냄새 또한 영 개운하지 않은 나는

언제쯤이나 곰삭은 맛을 제대로 낼 수 있을까

진정 남을 위해 단 한 번이라도,

담쟁이덩굴

천애절벽을 오른다
한 치 두 치 높이를 재며 기어오르는 자벌레
하늘 끝에 자일을 건다

다시 내려갈 수 없는 외길
바위에 붙어 잠을 잔다
포타렛지*도 없는 암벽야영

손발 끝으로 더듬는 경전經典
얼마나 더 오르면 그 뜻을 깨우칠 수 있을까
아! 멀고 먼 면벽수행의 길

늘 아슬아슬한 그 길

* 포타렛지 : 암벽등반 도중 절벽 중간에 잠자거나 쉬기 위해 매달아
  놓는 텐트

진의하

전북 남원 출생
시집 『가로수』 등
E-mail : jookjon@yahoo.co.kr

단비

고갈 든 이 땅 위엔
다 타버린 배기가스 가득한 공허한 허공을 뚫고
황사 바람만 불어오고 있는데
어찌 풀 한 포기 솟아날까만,

비가 내리네
슬픔과 괴로움에 말라붙은 가슴에
단비가 내리네
가슴 깊이 내려꽂힌 과녁
통쾌하게 쏟아지는 즐거운 눈물이네.

그대 내 곁에 있어
가슴 깊이 젖어드는 사랑
촉촉이 스며드는 눈물
실금 같은 뿌리 내려
싱그러운 잎이 솟네.

세상만사 번민 털어 내고
훠이훠이 이 땅 위에

벌도 나비도 춤을 추네
하늘하늘 날아가네

축구공

만져보면 가뿐하면서도 한없이 보드라운
네 각질
속을 비우고 터질 듯이 바람기로만 가득한
너.
하지만
모가 나지 않은 네 관능은
뒹굴뒹굴 구르다가
발길에 차이는 고통이었으나
오히려 그 고통은
희열의 꽃이었구나.

쬐그만 네가
혼비백산 그라운드에 뒹구는 동안
수많은 관객의 눈길은
네 향방을 따라
한 치의 오차에도 가슴을 조이고
통탄과 환호의 함성으로 날뛰기도 한다.

티끌 하나 없이

속을 비워
통통 튀는 보드라운 공이여!
네 가슴 속 터질 듯한 바람기는
지구촌을 뒤흔드는
살아 있는 생명이다.

낮과 밤
— 잠이 없는 밤에

하나님!
어찌 밤과 낮을 구분 지으셨나요?
시작과 끝이 있어야 하기 때문이었나요?
앞과 뒤를 구분하라는 뜻이 있었나요?
밤에는 불을 켜고
낮에는 불을 끄고
서로를 분별하라는 깊은 뜻이 있었나요?
과연 인간의 일상생활이란
내 마음속에 품은 생각들을
누구에겐가 표현하고 전달하고자 하며
하루의 침묵을 깨트리는 것은
이 커다란 우주공간에
몽롱한 물상物象과 원시적原始的 규환叫喚과
울음소리, 바람과 파도波濤소리
움직이는 사물事物의 소음騷音과 속삭임에 있어요.
나도 지금
그 속에 끼어 날려가고 있는 하나의
작은 티끌이옵니다.

존재 存在

이 넓은 우주공간 속에서
나를 알아볼라치면
특수렌즈를 다룬 유명한 과학자나 보려나?

내 이 작은 육체 그래도
미세한 티끌로 못 갈 곳 없이 스쳐 다니며
그런대로 자유롭게 철이 들어서야
못 볼 것 없이 다 보고 스쳐왔네.

이 공간에 존재하는 모든 것들이
그 무엇하나 없어서는 아니 될 것들
서로 서로 의지하며 존재하는데
동물들은 죽이고, 부수고, 싸우고, 헐뜯고, 뺏어 먹고,
같은 흙 위에 살아가는 식물들은
빛과 형태와 족보가 달라도
그저 언제나 보드랍게 살랑살랑 어깨를 부비고
예쁜 꽃을 피우네.

내 이 작은 육체

미세한 티끌도
예쁜 꽃 한 송이 피워야 할 곳
그 어디인고…

(09.9.15. 고대병실에서)

화장실에서 만난 호랑이 새끼 한 마리

내 인생人生 70 고희를 넘긴지 1년
어느덧
푸른 하늘, 붉은 하늘, 노을진 산등성이에 올라와
그동안 미예상적 거래로 왕래한
멀고도 아슴한 구빗길

하지만 "인생은 70부터"라는 희망 같은 꿈길 찾아
경기도 포천시 내촌면 신팔2리 수원산 계곡 따라
솔바람소리, 물소리, 소란 거리는 벼랑길
멧돼지, 고라니, 족제비, 다람쥐 오르내리는
산새 소리 벗 삼아 갑신년甲申年 입산하여
"선경산장" 문패를 달고
계절 따라 동반자가 돼 매실나무, 포도나무, 다래나무,
고추 상추 토마토 오이 배추 호박 가지 등을 심고

내 딸 먼 훗날의 놀이터
유원장이란 표지판 곁에 연못 하나 파
연꽃 수련… 도란거리는 밤
밤새워 개골개골 노래 부르는

내 이중생활 6년째
집 찾아 서울 나올 때는 베레모를 쓴 선생님이요
적요 찾아 들어온 산장에선 밀짚모자 쓴 농부님이라
누가 보아도 환경을 개조한 야스파스의 극한極限의 무
대였다.

그런데 그것은 생자필멸生者必滅의 공간 속이었네.

어느 날 갑자기 싱그럽게도
송알 매달린 고추밭에서
소리 없이 쏟아지는 포성의 전쟁터에
나는 그만 쓰러지고 말았네.

이 병원 저 병원 이송 타 결국
고려대 안암병원 66동 06호실에 기료 중
좌욕실이란 화장실에서 알몸이 되어
갑자기 벽 속에 나타난
호랑이 새끼를 만났네.

알고 보니 나는
소리 없는 전쟁터 현장에서
호실마다 비실거리는 백호들과
실존의 운명과 고뇌를 절감하고
인생의 꽃길을 심화深化 중이었네.

존재

있는 하늘
있는 땅이 어떠하리오

세상 창窓
밖이거나 안이거나
어둡거나 밝거나
어찌하리오

다만
내가 꿈틀거리는 동안만
오직 나 하나 있을진대.

(2010. 12. 13. 월 병실에서)

* 이 작품이 날짜를 명기한 것으로는 마지막 작품으로 짐작합니다.